# Une vache dans le poulailler

D'abord, on joue !

Aide la vache à rejoindre la poule, en récupérant toutes les lettres du mot ŒUF.

Super !

2

Voici des mots qui font « **oule** ».

On les lit ensemble ?

coule     moule     semoule

roule     croule     poule

foule     boule     ampoule

maboule     cagoule

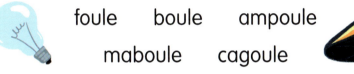

Retrouve dans le texte
les mots encadrés.

**vache**     **cochon**     **poule**

Ce matin, la poule met ses œufs dans un panier.

La vache vole un œuf dans le panier de la poule

et elle l'apporte au cochon. Alors le cochon

va se faire cuire un œuf.

**Bravo !**

Et maintenant, répète après moi...

**Pon pon pon pon!**
**Ron ron ron ron!**
**Son son son son!**
**Ton ton ton ton!**

Plume, poil, peau...

Relie chaque animal à la phrase qui le décrit.

**poule**

● Ses poils bouclés sont de la laine.

**mouton**

● Sa peau peut être toute rose.

**cochon**

● Des plumes couvrent son corps.

**Abracadabra !**

Grâce à sa potion, la sorcière fabrique des œufs étonnants...

œuf à moustache

œuf en tire-bouchon

œuf à frisettes

œuf à fleurs

œuf à taches

Les plumes des poules cachent un peu le titre de l'histoire. Peux-tu le deviner ?

UNE VACHE DANS LE POULAILLER

Et maintenant, on se détend.

**Cot cot codec!**
**Meuh meuh meuh!**
**Gron gron gron!**
**Mêêê mêêê mêêê!**

**Quelle histoire!**

Les  pondent de jolis .

La , le

et le  sont jaloux.

Ils vont voir la .

Ils espionnent les .

**Qui pondra**
**les plus beaux œufs?**

# Une vache dans le poulailler

Une histoire de Ghislaine Biondi,
illustrée par Coralie Vallageas.

À Pâques, les poules pondent
de jolis œufs tout décorés.
Elles sont très fières et **caquettent
à tue-tête :**
— Cot cot codec ! Cot cot codec !

9

Les animaux de la ferme
sont un peu jaloux.

— Nous aussi,
on pourrait pondre
des œufs de Pâques !
dit la vache.

— Il nous faudrait une potion, grogne le cochon.

— Ou de la **poudre de perlimpinpin,** ajoute le mouton.

La vache et ses amis vont voir
la sorcière qui habite dans la forêt.
La sorcière fait tourner sa baguette
magique...

Les animaux entendent
des glouglous dans leurs bidous !
Les œufs se préparent.

**D**e retour à la ferme, la vache
demande aux poules :
— Comment faites-vous pour
pondre des œufs décorés ?
— Ah, ça, c'est un secret !
répondent-elles.

La vache et ses amis se cachent derrière le poulailler pour **espionner.**

— Elles mangent des fleurs de toutes les couleurs, chuchote la vache.

— Et pour mélanger
les couleurs, elles
dansent le rock,
murmure le cochon.

— Elles font aussi
des pirouettes
et des **cabrioles,**
ajoute le mouton.

La vache et ses amis imitent
les poules.

Le lendemain matin, les poules
caquettent :
— Cot cot codec ! Cot cot codec !

Mais on entend aussi :
— Meuh meuh... Gron gron...
Mêêê mêêê...

La vache et ses amis sont très
fiers de leurs œufs.

Les poules n'en croient
pas leurs yeux !

Les poules interrogent la vache
et ses amis :
— Comment avez-vous fait ?
— Ah, ça, c'est un secret !

**Fin**

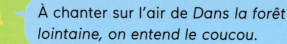

## Comptine

À chanter sur l'air de *Dans la forêt lointaine, on entend le coucou.*

Pour pondre des œufs de Pâques,
on va voir la sorcière
et, d'un coup de baguette,
on pond comme les poulettes !
Meuh meuh, fait la vache,
Gron gron, fait le cochon,
Comme nos œufs sont mignons !
Meuh meuh, fait la vache,
Gron gron, fait le cochon,
Des œufs vraiment mignons !

Suivi éditorial : Cécile Benoist

© 2016 Éditions Milan
1, rond-point du Général-Eisenhower, 31100 Toulouse – France
editionsmilan.com
Loi 49.956 du 16.07.1949 sur les publications
destinées à la jeunesse.
Dépôt légal : 1er trimestre 2016
ISBN : 978-2-7459-7533-1
Imprimé en Roumanie par Canale